Centro (

Narrativa

Giacomo Gamba

L'uomo in tasca

Centro Creazione Teatrale

L'uomo in tasca
Giacomo Gamba

Alba Avorio
Narrativa

Copertina a cura di Giacomo Gamba

Proprietà letteraria riservata.
© 1996 Giacomo Gamba

ISBN 978-88-98446-28-5

Udiva il canto delle sirene.
Voci flebili, dolci come i suoi baci.

I

La tendina bianca scivolava tra le ante della porta-finestra come se fosse aspirata dall'esterno. Svolazzava all'aria aperta, accarezzata dalla luce cittadina della notte. Ogni tanto un'invisibile contraria, provocava un rigurgito del tessuto e faceva sbattere le ante.

Il cigolio che anticipava il colpo secco solleticava il timpano di Amedeo Certani che se ne stava nella penombra, appollaiato tra le braccia di pelle nera della sua poltrona.

'Amedeo guarda che un giorno ti portano via con tutte le tue cose' dicevano gli amici, ma lui faceva finta di non sentire.

Al Certani piaceva l'aria della sera, ricca di esperienza, ma solitaria, come lo era lui del resto. Così, mentre si godeva la brezza che anticipava il nuovo giorno, annotava i suoi pensieri all'interno di un piccolo quaderno. Formava un mosaico di concetti che rappresentava un lento progredire verso la scoperta dell'uomo sconosciuto celato nel suo profondo.

'L'ho lasciata per sempre e non sono certo più solo di quando stavamo abbracciati nel nostro silenzio. Non l'amo più... forse l'amo ancora.'

Povero Amedeo, probabilmente non sapeva che per una separazione appena conclusa ne iniziava una nuova, più grande e difficile, ma mai irraggiungibile.

Ogni individuo, ogni aggregato di cellule, lottava,

più o meno coscientemente, per raggiungere la propria separazione. Obiettivo: separare, separarsi o al massimo condividere una separazione. Per quanti sforzi potessero essere compiuti alla ricerca di un'unione, sarebbe giunta, inesorabile, la temuta separazione .

L'uomo separato dalla materia e dal suo simile. L'uomo separato da se stesso.

Spingere sempre più avanti la separazione significava riuscire a trovare qualcosa d'inscindibile, l'essenza stessa della vita, le origini, la *verità*. Erano i ragionamenti che si sviluppavano inconsciamente nel suo ingegno da quando ne aveva scoperto l'uso, cominciando a porsi domande su domande.

Le risposte non bastavano mai e ogni risposta faceva nascere un nuovo quesito. Un circolo vizioso che non trovava sfogo se non in quella teoria. "Il filo conduttore" e per quel filo sarebbero passati tutti coloro che cercavano il senso dell'esistenza.

Amedeo non era un intellettuale, ma un sofferente nato. Tempo addietro aveva perso dodici chilogrammi di peso nel bel mezzo di un suo presunto coinvolgimento sentimentale nei confronti della bella ed equivoca Anna Castellani.

Lei era una delle più ambite ragazze dell'alta società: intelligente, assai graziosa e tremendamente disonesta, almeno nei suoi confronti, giovane, ingenuo e affettivamente sprovveduto, tanto da idealizzarla a tal punto da renderla un angelo.

Mai fidarsi di uno spirito celeste con le fattezze di una donna finita.

Amedeo Certani, uomo garbato, rimasuglio diamantino di un perduto romanticismo, non riusciva nemmeno a inquadrarla totalmente; lui ne gustava l'essenza, cogliendone la sintesi e adorandola come una divinità.

La Castellani invece si divertiva a prendersi gioco di lui. Lo faceva innamorare con i suoi occhi dolci, i capricci e le scenate, come d'altra parte faceva con tutti gli altri.

Amedeo faceva finta di non vedere perché l'amava e veniva inevitabilmente sbattuto a destra e a sinistra senza nessun riguardo.

Un bel giorno la colse sul fatto: teneramente abbandonata nelle braccia di uno sconosciuto durante la festa dell'Accoglienza. Proprio sotto il campanile degli orfani, luogo in cui si erano scambiati il loro primo bacio. In quel momento capì che sarebbe cresciuto di colpo, ma non certo fisicamente.

Erano passati degli anni da allora e la sua materia grigia continuava a macinare concetti ed elaborare teoremi, ma appena parevano inconfutabili, ecco che crollavano per un non nulla, una considerazione banale, quasi trascurabile.

Niente però poteva essere tralasciato, nemmeno il più piccolo granello di sabbia.

Perché proprio lui, figlio di operai, atteso da una vita di lavoro, si trovava a fare i conti con una cosa così grande?

Come mai doveva rispondere a tutte quelle domande, quando la società voleva solo le sue mani per produrre, contribuire alla crescita dei beni di consu-

mo? Bene che gli fosse andata, avrebbe potuto influi-
re sui numeri di qualche statistica aziendale, essere
l'artefice di aumenti di fatturato o richieste di finan-
ziamenti agevolati per incrementare la produzione.

Invece si trovava coinvolto in un progetto ben più
ampio. Risucchiato da un bacino d'acqua grande
come il mare, veniva trascinato vorticosamente dal
moto ondoso. Amedeo era costretto a operare conti-
nui cambiamenti di rotta nel mare delle sue convinzioni. Un piccolo venticello non era in grado di mo-
dificare l'assetto coraggioso della sua imbarcazione,
ma spesso quello che egli aveva creduto un soffio
gentile si era trasformato in un ciclone di violenza
inaudita.

Mentre rimuginava la notte era calata del tutto sulla città. La brezza si era placata.

Amedeo guardò verso la portafinestra e scrutò nel
buio. La tendina bianca riposava nell'oscurità.

Come avrebbe potuto farcela lui, uomo qualunque,
impercettibile puntino?

II

L'indomani il Certani si alzò di buon ora per rileggere le ultime righe scritte prima di addormentarsi la sera precedente.

Vestito di un pigiama vecchio quasi quanto lui, Amedeo stringeva avidamente lo scartafaccio neonato. Leggeva con calma, come se non fossero parole sue.

'Sono un'anima dannata. Trapassata da fulmini. Travolta dal quotidiano inferno. Residuo amorfo di cristallina essenza, frammento di nobili valori.'

Attraverso quelle parole Amedeo coglieva il peso dell'estensione invisibile che lo circondava. Sentiva che avrebbe potuto essere soffice, evanescente, impenetrabile oppure elettrico, in funzione di come si fosse comportato nel movimento, quasi fosse lo spazio a muoverlo piuttosto che il contrario.

D'altra parte la presunzione di credersi all'origine non gli apparteneva. Poteva anche accettare di non essere il principale responsabile del suo corpo.

Come all'inizio di ogni nuovo giorno, il Certani, si sentiva attraversato da una sensazione particolare di libertà. Purtroppo sapeva bene che sarebbe svanita con il passare della giornata.

Forse il sonno rimaneva l'unica cosa che si conservava tale e quale fin da quando era bambino. Così, mentre la notte non aveva tempo e si manteneva gio-

11

vane, ogni giorno successivo costruiva la sua età. Edificava in lui uomini nuovi che si modificavano di continuo.

Amedeo restò in piedi silenzioso, con le spalle al muro. Osservava la sua camera da letto.

Un vero campo di battaglia immerso in un profondo disordine che comunicava tutta la sua inquietudine. Ovunque c'erano libri aperti, letti, appena consultati o solo trattenuti in mano per pochi secondi, sfiorati, immaginati. Sembravano umani. Amici che avevano condiviso tanti momenti di intenso coinvolgimento senza mai dare spiegazioni precise, ma che avevano contribuito ad alimentare un emozione, un sogno.

Improvvisamente parevano librarsi in aria. Compivano virate improvvise, parabole impossibili e picchiate rischiosissime. Azzardavano passaggi radenti sopra il letto e la libreria, per poi ripiombare rapidamente nel loro angusto spazio, travolti dal loro polveroso turbamento.

Amedeo stropicciò gli occhi. Coglieva il fastidio causato dalla polvere che si era infilata tra le palpebre e il globo oculare. Lo stesso fastidio lo avvertiva quando doveva confrontarsi con altre persone. Le trovava terribilmente pettegole.

Il più pruriginoso in questo campo era un certo Giampaolo Tinti, industriale di ottima fama, impeccabile nel suo doppiopetto grigio e nell'aria da gran signore. Tutte le più belle donne della zona o quantomeno tutte quelle desiderose di vociferare con lui, cadevano ai suoi piedi.

Amedeo lo invidiava per quel successo così sfacciato. Avrebbe desiderato anche lui stringere tra le sue braccia una di quelle belle donne provocanti. Purtroppo non era disposto a cedere a sciocche conversazioni per niente in cambio.

Una volta il Tinti aveva cercato di strappare ad Amedeo notizie che riguardavano una sua vecchia compagna di scuola. In quell'occasione il Certani gli aveva sparato addosso tutta la sua indignazione. Quell'altro, per contro, se ne era uscito con una risata volgare che aveva lasciato Amedeo senza parole.

Così egli, ogni qualvolta gli capitava di essere in compagnia in compagnia di conoscenti del Tinti, sperava di non trovarselo tra i piedi o quantomeno di poterlo evitare. In quel modo rinunciava alla vicinanza di tutte quelle bambole, ma d'altra parte per il minimo vantaggio che ne traeva, capiva di poter ricorrere, eventualmente, alla sua fervida immaginazione.

Amedeo trasalì improvvisamente. Scosse la testa. La schiena era gelida per il contatto con la parete. Le mani erano ingarbugliate. Percepiva l'odore di quella sua isola felice. Inspirò profondamente. Trattenne il respiro dentro di sé e lo assaporò a fondo. Con uno scatto felino si diresse poi verso il bagno.

Mentre si radeva davanti allo specchio, osservò le linee del suo viso e nonostante avesse passato l'età dell'adolescenza, non riscontrava assolutamente il minimo cambiamento. Cambiavano dimensione invece lo spazio e il tempo. Lo specchio continuava a riflettere soltanto l'immagine che lui avrebbe deside-

13

rato vedere in quel momento. Sarebbe stato sufficiente coltivare un pensiero positivo per rimanere giovani.

Le passioni muovevano dentro il Certani come un fiume in piena e sgorgavano in entusiasmi ingenui che lo facevano sentire forte.

Il suo fisico da inappetente era asciutto. Nei suoi occhi azzurri si leggeva la voglia di vivere. Nel suo animo l'energia era pronta a esplodere incontrollata. Il viso dai tratti morbidi aveva qualcosa di etereo nonostante la pelle scura. I capelli di un castano chiaro erano arruffati sulla fronte e davano al taglio corto un leggero tono ribelle.

Amedeo era piuttosto riservato, ma aveva sempre coltivato la riflessione e lo spirito d'osservazione.

In quegli anni di solitudine aveva scoperto molti dei suoi punti deboli.

Con le donne, per esempio, non era mai riuscito a costruire qualcosa che potesse essere degno di nota. Tante infatuazioni, alcuni brevi periodi in cui aveva tentato di dar vita ad una relazione che non sfociasse inevitabilmente in un fuga liberatoria e una continua ricerca di qualcosa che non trovava.

'Amedeo sei un uomo libero' si ripeteva ogni volta che usciva da una nuova delusione. Bella soddisfazione. Essere liberi significava anche essere soli.

Per quanto riguardava i piaceri amorosi, quelli dovevano ancora venire per il semplice fatto che non aveva ancora potuto approfondire le gioie della carne e di questo passo si sarebbe ritrovato, ben presto, con il rimorso di non essersene compiaciuto.

Fuggiasco com'era non era in grado di legare con nessuna e cedere alla tentazione del possesso significava legarsi, poco acutamente, a un'incertezza.

In realtà erano numerose le donne che gli circolavano attorno, ma lui, bloccato da una timidezza disarmante, non sapeva far altro che rinunciare sospinto dai suoi dubbi irrisolti. Il Certani, aveva una gran paura di scoprire che quella che aveva di fronte non fosse la donna giusta, cosicché preferiva correre il rischio di perderla piuttosto di dover cogliere il fiore sbagliato. Lo faceva anche per il loro bene. Lui era un uomo e avrebbe potuto sopportare il fallimento, ma loro, quelle tenere creature che fine avrebbero fatto dopo essere state consumate e private del loro candore? In verità la maggior parte di quelle donne che lui credeva candide, avevano di gran lunga superato l'ostacolo della verginità, ma Amedeo era un uomo all'antica, sicuro d' avere a che fare con una realtà diversa da quella che gli si presentava; così sicuro da chiudere nel cassetto tutte le sue voglie e i pizzicori giovanili.

Il Certani era un idealista, di quelli che non si convincevano delle cose finché non ci sbattevano il naso.

Anni prima aveva abbandonato gli studi. Si era sentito ingabbiato, come se gli fosse stato impedito di proiettarsi al di fuori di un guscio che gli era stato cucito addosso. Così si era precipitato nel vortice sconosciuto dell'ambiente di lavoro. Fu un salto nel buio, un volo senz'ali. Il passaggio volontario dal fuoco all'Averno. Solo lo sproporzionato spirito di sopportazione, insieme a un torcersi orgoglioso di amara sopravvivenza gli aveva permesso di raggiungere un precario equilibrio che aveva impedito almeno il definitivo tracollo.

Mentre continuava a guardarsi allo specchio si vergognava d'essere stato salvato da una presunzione che non avrebbe voluto confessare. Si diede un'ultima lunga occhiata comprensiva.

Grazie a una veloce, ma sostanziosa colazione, in pochi minuti sarebbe stato pronto per gettarsi nella mischia. Era curioso di sapere quali insegnamenti avrebbero rinverdito il suo bagaglio di conoscenze e quali castelli sarebbero crollati in quella fredda giornata d'autunno. Quei pochi minuti diventarono una buona mezz'ora, allorché il suo pensiero si perse nell'analisi dell'azione meccanica dello spremi agrumi sul solito mezzo pompelmo.

Amedeo Certani era uno che si perdeva spesso, tanto da avere una vita più cerebrale che d'azione.

Pareva di vederlo seduto sulla sedia della cucina: gli occhi fermi, leggermente tirati, lo sguardo perso nel vuoto all'inseguimento di chissà quale fantasia.

Amedeo non ci aveva mai fatto caso prima, ma il concatenarsi delle fasi che portavano a dissetarsi con il succo di pompelmo, rappresentava l'esatto dramma dell'uomo comune. Non veniva forse anch'egli sezionato, spremuto e avidamente inghiottito? Avrebbe potuto l'uomo comune ribellarsi, fuggire, evitare il dolore d'essere svuotato?

Per guadagnarsi da vivere era costretto a lavorare sodo per un'azienda produttrice di articoli di lusso destinati all'arredamento. Secondo la sua misera convinzione egli stesso, in qualità di dipendente, poteva essere considerato un suppellettile inutile prodotto dall'organizzazione. Una pedina governata dal gioco autoritario della struttura matriciale.

Così, come tutte le mattine, costretto nello spezzato di stile inglese, soffocato dalla cravatta regimental, si sarebbe recato nel suo ufficio. Lo attendevano statistiche, obiettivi, inevitabili discussioni con i colleghi e terribili attimi d'angoscia causati da quella condizione assurda. In quei momenti, seduto alla scrivania, avrebbe fissato con occhi vitrei l'ingresso, pronto a destarsi qualora qualcuno avesse superato la soglia e rotto l'atmosfera depressa creatasi nella palazzina. La lucina rossa del telefono avrebbe pulsato continuamente a indicare l'inserimento della segreteria telefonica e, ogni tanto, avrebbe attirato il suo sguardo come una zanzara solitaria.

Il suo piccolo ufficio era stato ricavato da uno stambugio trascurato nel quale, fino a poco tempo prima, giacevano dimenticate documentazioni e letterature aziendali d'altri decenni. Cumuli ordinati di faldoni ingialliti e pile di raccoglitori obsoleti imbrattati dal tempo.

Un giorno due operai, con le braccia simili a due sollevatori meccanici, avevano caricato tutto quel rimasuglio cartaceo sopra una camionetta scoppiettante che si era allontanata ansimante lungo la statale. Poi gli avevano detto che quel nuovo ufficio sarebbe stato suo.

Così il Certani si era ritrovato confinato e costretto

a una condizione di penombra naturale. La lampada al neon non funzionava e la scarsa luce proveniva dalla finestrella che dava sul marciapiede parallelo alla striscia di asfalto interminabile. All'interno dell'ufficio erano stati sistemati un piccolo armadio di ferro, una scrivania di legno e una sua sedia girevole color grigio fumo. Nient'altro. Le pareti, di un giallino lavabile essenziale erano disadorne, eccezion fatta per un quadro apatico che ritraeva due bambini senza volto seduti mollemente in un prato.

Anche quel giorno la temperatura all'interno avrebbe raggiunto valori tropicali.

Il geometra Sensini, un tipo molto freddoloso, secco, sulla cinquantina, si preoccupava di manomettere continuamente il termostato fissato alla parete del corridoio. Probabilmente il suo fisico scarno non gli permetteva di esporsi ad una temperatura più umana e per quel motivo, oltre che per l'aspetto fiabesco, era assimilabile ad una specie di rettile. Un lucertolone in giacca e cravatta.

Carlo Maria Sensini era il Capofiliale modello. Uomo dai nobili valori, convinto difensore dei diritti della borghesia lavoratrice. Si era fatto da solo. Si era arricchito sfruttando le sue capacità di ottimo mediatore e di trafficone confusionario, ma vincente.

Amedeo lo apprezzava comunque per alcune sue qualità umane. In effetti il Sensini, che riponeva una fiducia illimitata in lui, lo trattava proprio come un figlio. Spesso il Geometra si intratteneva con il Certani e gli raccontava della sua famiglia, di sua moglie e della figlia, che adorava più di ogni altra cosa al mondo. Amedeo non le aveva mai conosciute perché il Sensini era così geloso dal guardarsi bene di portare a casa altri uomini al di fuori di sé.

Fuori dall'ufficio il clima sarebbe stato tutt'altro che estivo e avrebbe provocato, a causa dell'enorme scambio termico, un fenomeno di condensazione tale da appannare tutti i vetri. L'aspetto sarebbe stato quello di una sauna e l'abbigliamento di Amedeo sicuramente il meno adatto.

Come ormai era d'abitudine negli ultimi tempi, Amedeo Certani, seduto alla sua scrivania, si sarebbe messo a riflettere, analizzare, sminuzzare la sua vita, a lacerarsi la materia grigia. A furia di distillarsi il cervello rischiava di diventare un orso da evitare.

Non doveva permetterlo, così cercò di ripescare il ricordo di una donna che potesse travolgerlo irrimediabilmente.

A dire il vero il Certani aveva sempre lasciato le occasioni facili a favore di situazioni più stimolanti. Forse era un masochista o forse solo un uomo in cerca di emozioni forti che erano le uniche in grado di farlo sussultare.

Emanuela Salimberghi lo aveva accusato di vivere nel suo limbo felice, estraneo alle interferenze esterne. Professoressa di italiano, era una di quelle donne apparentemente sensibili e indifese. In realtà, dietro alla figura di eterna infelice, soprattutto dal punto di vista sentimentale, si nascondeva una vera e propria corazzata in movimento verso la conquista del mondo, sicuramente di quello maschile. Infatti, nonostante avesse anche argomenti intellettuali da condividere con i suoi simili, veniva spesso considerata più per le sue doti fisiche che per altro. Contribuiva a quell'immagine di femmina disponibile il suo abbigliamento provocatorio. I capelli castani, gli occhi sdolcinati e la vocina sottilmente lamentevole facevano da contorno a un'abbondante proposizione carnale. Quest'ultima era contenuta in abiti succinti che lasciavano intravedere particolari piccanti, dando largo spazio alla costruzione fantasiosa.

Purtroppo anche Amedeo subiva esclusivamente questo secondo aspetto del carattere di Emanuela, cosicché gli attacchi concettuali dell'avvenente professoressa, con lui, finivano irrimediabilmente nel vuoto.

D'altra parte il Certani era ben conscio del fatto che usava dimostrarsi felice agli occhi degli altri solo per non tediarli con le sue vicende poco fortunate.

Era un metodo preciso il suo, per caricarsi con uno slancio vitale. Tentava di minimizzare, sdrammatizzare. Un'ottima terapia, autosuggestione pura.

Così anche la Salimberghi era svanita nel nulla, senza lasciare traccia, come un piccolo temporale primaverile.

In tutto quel suo frugare Amedeo individuò finalmente un bagliore femmineo.

Stefania Sandri era una donna meravigliosa.

A essere sinceri, meravigliosa era l'idea fittizia della Sandri di cui il Certani si era farcito l'encefalo. L'amore che nutriva per lei non era altro che un amore costruito pazientemente nel tempo attorno al suo ideale di donna che, per l'occasione, aveva preso in prestito il corpo, assai interessante, della giovane Stefania.

Si poteva dire che Amedeo non la conoscesse affatto. Non ne aveva avuto il piacere. Alta, i capelli lunghi, neri, gli occhi compiacenti di cerbiatta ambigua. La Sandri si era sempre dimostrata raggiungibile, alla sua portata, ma in realtà non aveva fatto altro che continuare a coinvolgerlo sentimentalmente senza mai concedere nulla, tirandosi addirittura indietro nei momenti decisivi. Il Certani proprio non riusciva a scrollarsela di dosso. Gli piaceva perché non riusciva a raggiungerla. A volte la chiamava dall'ufficio, nei momenti di pausa, per sentire una voce amica, ma l'effetto della telefonata era paragonabile a un'anestesia totale prima di un intervento chirurgico. Lasciava un sapore amaro in bocca che gli ricordava quello del caffè dell'Astor Bar il lunedì mattina, ingurgitato a stomaco vuoto e a cervello scarico.

Il mezzo pompelmo ormai giaceva svuotato sul tavolo della cucina.

La fantasia di Amedeo riprese il largo. Si immaginò Stefania mentre si esibiva in una danza che non avrebbe esitato a definire magica. Stefania, carnale e lieve, lo stava stregando e lo sapeva, conscia del suo incredibile impatto fisico intriso di sensualità. Il Certani non resisteva alla serietà di quella prestazione. Un'esplosione in piena regola con tanto di effetto devastante che richiedeva l'intervento di artificieri professionisti e vigili del fuoco.

Improvvisamente la vide crollare sul palcoscenico

inerme. Era svenuta. Gli occhi chiusi, il corpo immobile, nessun segno di vita. Per almeno venti secondi priva di movimento. Furono gli attimi più lunghi dell'esistenza di Amedeo. Avrebbe voluto dire qualcosa, ma la sua voce era sparita come inghiottita da un indescrivibile terrore. La guardava impietrito. Tutto attorno il buio. I fari che illuminavano il proscenio si erano abbassati e le loro figure venivano scagliate oltre le quinte dal fascio di luce direzionale dell'occhio di bue che rimaneva acceso nel fondo della sala. Così, con gli occhi chiusi, era ancora più bella. I riflessi luminosi esaltavano i profili di quel viso dai lineamenti perfetti.

Il Certani nel suo profondo non disdegnava quell'immobilità, sia perché in quelle condizioni la Sandri, per la prima volta, non rappresentava un pericolo, sia perché gli ricordava quanto fosse forte il sentimento che provava per lei. Egli infatti stringeva i denti e dallo sforzo incontrollato gli doleva la mascella. Capiva che era un debole e che gli affetti lo rendevano vulnerabile.

Si osservò maniacalmente le mani, i piedi. Si toccò furiosamente ogni parte del corpo raggiungibile. Era fatto di carne e attraverso quei settanta chili di macinato precompresso scorrevano fiumi di anime tormentate e spiriti molesti. In quella circostanza avrebbe accettato tutto, qualsiasi compromesso purché lei potesse riaprire gli occhi.

Lo fece. Sbatté le ciglia leggere come due ventagli di seta. Solo allora egli tirò un sospiro interminabile che ridiede ossigeno ai polmoni stremati. Ecco, tutto il suo gran daffare si poteva risolvere in un istante, terribile solo per chi rimane.

Conveniva vivere in maniera spregiudicata quella vita che bruciava in fretta oppure considerarla un investimento per qualcosa che doveva venire dopo?

Amedeo prese il bicchiere e ingurgitò la spremuta in un lampo. Afferrò il mezzo pompelmo con una mano. Così, senza polpa, era insignificante. Lo gettò nella pattumiera e poi uscì di casa con rassegnazione.

Attraversò alcune stradine secondarie, il parco giochi situato nei pressi della scuola elementare e poi si ritrovò sul marciapiede della statale. Poiché il clima era piuttosto rigido il Certani scompariva nel bavero dell'impermeabile scuro, sollevato oltre le orecchie arrossate.

Quante volte aveva percorso quelle strade che addirittura sembravano riconoscerlo e parlargli: 'Ecco che arriva Amedeo. Solito cappotto, soliti pantaloni e solito paio di scarpe; solita aria freddolosa. Buongiorno Signor Certani.' Gli pareva di sentirle, con i loro alberi striminziti ai lati, le buche datate e le cartacce abbandonate sull'asfalto.

'Al diavolo!' Pensava Amedeo seccato.

Osservando la coda di macchine sul cavalcavia poteva scorgere i mezzi busti di ciascun autista. Questo gli dava la possibilità di vedere come ognuno fosse immobile, gli occhi fissi, il volto impassibile, quasi rassegnato. Come se tutto fosse terribilmente normale e non potesse essere evitato. La solita processione dei soliti automi, inarrestabile. Ci sarebbe stata la mattina seguente e la successiva ancora. La coda si proponeva senza tregua e rimpiazzava gli assenti con una facilità impressionante. Non aspettava per nessuna ragione, nessuna compassione.

Così era la vita e non si sarebbe fermata per niente e per nessuno, qualsiasi cosa fosse accaduta avrebbe continuato a battere il suo tempo con freddezza irripetibile.

In quel momento, appoggiato al parapetto del cavalcavia, scuro in volto, Amedeo si domandava che significato avesse tutto questo e fino a che punto potesse essere spinto il processo di sopportazione. Chi spingeva e macchinava di nascosto per mantenere, alimentandolo, il senso di frustrazione? Chi erano i responsabili e qual era il loro obiettivo finale?

Pensò di muoversi da lì, poiché il freddo gli stava invadendo i muscoli e le ossa. Riprese a camminare. Ciondolava la testa avanti e indietro come se non avesse più la spina dorsale.

Capiva amaramente che anche lui agiva spesso come un robot, quasi fosse comandato a distanza. Nei momenti di lucidità si ritrovava percorso da un senso di sbandamento, pervaso da un nulla interiore e da un'incapacità di fare quasi invivibile. Era come se l'avessero privato delle sue convinzioni e così, senza idee, senza aspirazioni, avrebbe cercato un appiglio, una sicurezza che avrebbe trovato nell'automa, nel robot. Un circolo chiuso. La perfetta opera di un organismo predisposto. Il preciso intento di un maniaco che li manovrava con cinismo. Tutto sembrava chiaro, quasi si leggesse evidente negli occhi di quegli esseri umani che, come lui, si sentivano repressi, senza via di scampo. Mentre lasciava la strada principale per prendere la provinciale, dopo essersi leggermente riscaldato grazie al movimento, osservò il fiume che scorreva accanto. Quel corso d'acqua inquinato pagava duramente la sua libertà visto che ormai era ridotto a ben poca cosa.

Così come il fiume carico di morte era irriconoscibile e conservava quale unica soddisfazione la possibilità di poter scorrere all'aria aperta portando con sé il ricordo di tempi andati, non era migliore la situazione delle rive che lo accoglievano, coperte da enormi quantità di detriti di ogni genere. Questi ultimi si annidavano tra gli arbusti e i rovi, rendendo lo scenario ancor più squallido.

Come poteva accadere tutto questo sotto gli occhi vaghi di tutta quella gente che percorreva la sua stessa strada ogni giorno? Anche il Certani era colpevole di quella situazione perché per troppo tempo era stato accecato dal qualunquismo. Per troppo tempo si era lasciato manovrare. Non possedeva più una sua autonomia. Qual era la sua vera identità? Cosa avrebbe potuto fare adesso per salvarsi?

Si trovava ormai a pochi minuti dalla sua destinazione. La temperatura corporea era rientrata nei valori ottimali. I polmoni s'erano assuefatti alla miscela polverosa che erano costretti a respirare.

Il suo passo si fece ben disteso.

Amedeo guardò lontano, in fondo al rettilineo alberato. Tra la foschia umidiccia e densa sbucavano le cupe sagome dell'accanito complesso industriale.

Era là, fermo. Stava aspettando proprio lui.

Gli occhi del Certani brillavano di una luce nuova. Rilucevano risvegliati da forze primitive che erano state seppellite sotto cumuli di cenere.

III

Il cancello automatico che delimitava l'ingresso allo stabilimento se ne stava semiaperto con aria minacciosa. Si sarebbe accanito da un momento all'altro su un qualsiasi passante. La luce tenue della mattina illuminava timidamente l'enorme struttura di cemento che ospitava gli uffici e l'officina.

Negli occhi del Certani si specchiava un'immagine triste.

Lui era lì davanti, in piedi, vuoto come un cappone senza le interiora. Amedeo il gallo castrato l'aveva visto solo a Natale, quando agghindato di tutto punto allietava i banchetti in festa Mai e poi mai avrebbe creduto di poter assomigliare ad un simile pennuto. Se si fosse visto, sparpagliato com'era, non avrebbe potuto fare a meno di sorridere disgustato.

Oltre il cancello dello stabilimento i cartelli vietavano qualsiasi azione illecita. Rendevano l'ambiente ancor più gelido, di stile militare. L'unico dettaglio vivo era un piccolo triangolo verde ricavato in un angolo del piazzale. Alcune rose vi facevano capolino. Tutto il resto era solo cemento ridondante di rumori meccanici produttivi. Amedeo lo guardava con gli stessi occhi di un esterno e non con quelli dell'impiegato commerciale.

Improvvisamente un omino indaffarato, carico di fogli, attraversò di corsa il piazzale. Poi scomparve inghiottito dal cemento, perso in chissà quale compito. Intanto una macchina di metallo si spostava piuttosto agevolmente. Trasportava carichi diversi e li ammucchiava sotto la tettoia. Gli scatoloni riportavano i nomi delle loro destinazioni: Beirut, Israele, Dubrovnik.

Tutta la struttura marciava senza sbavature, per soddisfare la domanda sempre crescente di beni di consumo. Non si poneva questioni se non quelle relative al marketing, per esaudire i desideri fittizi di milioni di persone.

Ad Amedeo si rivoltava lo stomaco. Si sentiva preso a pugni da quella teoria dell'eccesso. Parola d'ordine: esagerare. Non riusciva a muoversi in quella dimensione. Tutta la fabbrica umana, in fondo, produceva solo discriminazione.

In preda a strane contorsioni il Certani diede un ultimo sguardo a quella bruttura. Una rabbia amara gli salì dentro. Si voltò lentamente. Rivolse le spalle al complesso di cemento. La colonna vertebrale vibrava di energia positiva. Amedeo alzò il viso verso l'orizzonte. I suoi occhi si riempirono di spazio. L'aria fresca lo invitò a volare.

Aveva voglia di correre, così si lasciò partire lungo la strada che costeggiava il fiume. Nonostante fosse vestito con abiti pesanti, riusciva a spingere al massimo della velocità. Inanellò falcate da quattrocentista alternate con scatti brevi e salti incontrollati che sprigionavano un'imprevista felicità. Si sentiva come un animale. Forse lo era o quantomeno l'animale che era in lui si era risvegliato con tutta la sua dignità.

Intuiva che per sentirsi uomini era necessario passare per gli istinti che erano incondizionati. Non avrebbe potuto essere uomo senza essere animale.

Amedeo non aveva mai conosciuto un uomo vero, ma tante carcasse vuote che si muovevano senza la bestia sepolta ormai all'interno. Una massa di invertebrati telecomandati, incapaci di un emozione, un impulso.

Finalmente quella mattina, dopo anni di silenziosa obbedienza, non sarebbe entrato a far parte di quel noioso meccanismo. Non si sarebbe venduto.

Era la fine del compromesso. La fine dei numeri, delle statistiche, degli utili, del marketing mix e delle vendite. La fine degli articoli di lusso per l'arredamento.

Amedeo Certani non era un uomo comune. Non esistevano uomini comuni. C'erano invece unità pensanti dotate della più sofisticata tecnologia meccanica esistente. Fornite delle migliori capacità cerebroelaboranti, ma energeticamente scollegate, abbandonate alla siccità neurovegetativa.

IV

Aveva scorrazzato in lungo e in largo, sfamandosi avidamente dello spazio circostante. Macinò chilometri di stradine sterrate. Sgambettò come un puledro di razza. Corse lungo il fiume e poi tagliò in due la città. Percorse i viali asfaltati che rigurgitavano di turbinio umano.

Si fermò nella zona sud-est.

Entrò in un caffè antiatomico che era stato ricavato in un antro rimodernato secondo le ultime tendenze in materia di difesa nucleare. Precedentemente era stato adibito a stamberga rurale dedicata alla degustazione dei vini novelli della zona.

Seduto su una sedia tubolare in polipropilene isotattico gustò un latte macchiato carico di zucchero e abbondante schiuma. La magliettina bianca con la camicia gli gelavano addosso.

Mentre la televisione trasmetteva gli spot pubblicitari del canale nazionale, Amedeo scrutò gli occhi dei clienti del bar paralizzati dalle immagini. Erano schiavi del tubo catodico. Servi delle onde elettromagnetiche, terra di esplorazione dell'immagine. Trasformati in amplificatori di messaggi.

Uno di loro era un uomo sulla cinquantina, tarchiato, pochi capelli, la barba incolta. Indossava un cappotto blu, aperto sul davanti, di quelli da marinaio, con il bavero a becche lunghe e i bottoni dorati. Ogni tanto mugugnava, come se commentasse quelle immagini che lo avevano rapito mentre sorseggiava una bevanda violacea .

Poco più in là se ne stava seduta, semi aggrappata al bancone, una donna solitaria, emaciata e bianca in volto che scompariva all'interno di un vecchio Loden beige. Completamente muta oltrepassava con lo sguardo il liquido arancione frizzante contenuto nel bicchiere posizionato tra i suoi occhi e il televisore.

Infine nell'angolo all'estrema destra, una coppia di giovani, mano nella mano. Le loro bocche erano aperte e gli sguardi invasati erano trascinati verso l'interno dello scatolone brontolante. Quel mostro di scienza catturava l'attenzione di migliaia, milioni di invertebrati.

Amedeo ne fu spaventato.

Quello era il canale attraverso il quale agiva chi manovrava indisturbato. Il veicolo del comando. Il mezzo di trasporto del condizionamento politico. La vettura di servizio del potere. Soffiava sul collo degli esseri umani. Spegneva gli ardori, disinnescava le polveri.

Dentro il Certani però la miccia aveva ripreso a crepitare e avrebbe seguito il suo percorso senza indugi, precisa.

Amedeo si sentiva come l'ultimo dei cavalieri. Un sincero pezzo da museo sprofondato in un mare di modernità. La spada era stata sguainata. L'armatura opulenta. L'onore lo spingeva alla battaglia.

Mentre sentiva crescere dentro quel processo di

mutazione irreversibile, il suo pensiero corse incontro alla paura. Il suo respiro divenne affannoso. Amedeo aveva gli occhi gonfi, pieni di lacrime. Il suo volto cambiò espressione con la velocità della luce, in un susseguirsi di maschere fangose. Il terrore si materializzò evidente. Condensò l'atmosfera fumosa attorno a lui. La rese impenetrabile. Una massa granitica scura come la notte, sfaccettata e tagliente come le scaglie di roccia che si infilavano dritte nel suo cuore. L'aria si fece amara

'La separazione era il filo conduttore e per quel filo sarebbero passati tutti coloro che cercavano la verità.'

V

Il Certani decise di uscire dal caffè senza fare niente. Lasciò quelle persone magnetizzate alle sue spalle. Pensava che sarebbe bastato il suo disgusto interiore affinché potessero sentire anche tutti gli altri.

Era proprio un ingenuo Amedeo. Credere nella possibilità di incarnare la figura prediletta del messaggero muto andava ben oltre la realtà.

Mentre camminava allargava le narici. Sentiva chiaramente l'odore della sua città. Un profumo perduto dalla maggior parte delle metropoli moderne. Il profumo di una città che rimaneva provinciale nonostante l'esasperato sviluppo industriale.

Amedeo guardò le strade. Quintali di ferro stazionavano regolarmente sulle carreggiate, sui marciapiedi, su tutto quello che c'era di transitabile.

L'automobile: l'unità di misura dello stato sociale.

L'oggetto del desiderio per il quale milioni di persone versavano fiumi di denaro alle società finanziarie. Alcune di queste erano veri e propri strozzini legalizzati.

Mentre vagabondava non poteva che considerarsi un fuoriuscito. La sua in fondo era una fuga, ma in tutto quel non appartenere si sentiva più vero. Sempre meglio che continuare a contribuire a quel gioco al massacro.

Nei pressi del campanile della cattedrale, alto almeno sessanta metri, smilzo e appuntito, si fermò. Lo stava osservando da est, da una viuzza leggermente sopraelevata che scendeva poi di netto ai piedi della galleria. Quest'ultima si divorava le interiora del colle che si ergeva nel centro della città collegando agevolmente il centro storico con la periferia denutrita. Amedeo si sedette sul muricciolo di marmo che fungeva da panchina per i turisti. Alitava come un bambino. Gettava la testa leggermente all'indietro, spingendo le labbra in avanti. Si divertiva a creare nuvole bianche di emissioni corporee.

Guardò il campanile. Da quella posizione, offuscato dall'anidride carbonica infittita, sembrava diverso.

Quella nuova visione lo rasserenò. Prendere in considerazione da diverse angolazioni il medesimo riferimento, poteva dar vita a nuove proiezioni e chiavi di lettura.

VI

La luce del sole lambiva il profilo di quella vecchia casa che era disabitata da anni.

Il Certani vi era stato trascinato, veicolato dalla leggerezza del suo midollo. Non stava andando in nessun posto. Si lasciava trasportare dal suo corpo. Era preso per mano dalla sua nuova coscienza ispiratrice.

In un caldo pomeriggio di luglio di almeno dieci stagioni prima, se n'era andato il Vecchio. Un amico. Un punto di riferimento unico, una fonte di informazioni fuori dal comune. L'aveva conosciuto da adolescente in una biblioteca del centro.

Il Vecchio aveva il fisico asciutto e la carnagione scura. I capelli bianchi e la barba facevano da contorno a un viso segnato dal tempo. Gli occhi verdi erano furbi. Il portamento lasciava intravedere un passato da ufficiale dell'esercito. Ogni suo movimento era solenne e carico di significato.

Battaglione lancieri, sedicesima compagnia, terzo plotone, squadronieri dell'avanguardia giovanile colonizzatrice libertaria. Il Vecchio era stato il comandante in carica. Generale di corpo d'armata, durante la guerra sabbiosa combattuta per la conquista del lembo di terra appeso al decimo parallelo a nord dell'equatore. Medaglia d'oro al valore. Croce di guerra e trentaquattro punti di sutura, dal fianco destro su fino al cingolo scapolare, per un terribile colpo di spada inferto dal nemico. Successivamente, prigioniero per due anni in un campo di concentramento all'estremo nord di Ario, durante il grande conflitto. Venne nominato cavaliere della repubblica e poi dimenticato negli anni pacifici a seguire. Le sue medaglie giacevano sepolte insieme alle barde e ai finimenti nella memoria del paese. La sua battaglia si era trasformata negli anni a favore dell'investigazione cerebrale, cosicché l'astuzia tattica e l'azione intrepida si erano messe al servizio della ricerca.

Amedeo continuava a osservare la casa che gli sembrava così lontana ormai. Ricordava i mobili vecchi, le luci soffuse. La grande sala che ospitava i loro incontri aveva il pavimento in legno, mentre le pareti erano rivestite ovunque da arazzi preziosi. Dappertutto c'erano oggetti strani, che erano appartenuti a civiltà lontane. Un caminetto occupava gran parte di una delle due pareti lunghe e il fuoco era sempre acceso.

Loro due se ne stavano lì, nelle poltrone di pelle consumata, con i piedi appoggiati sul bordo di mattoni del camino e i loro ragionamenti svolazzavano. Con il Vecchio avevano condiviso idee, entusiasmi, sorrisi. A volte era affiorata la tristezza, in seguito alla scoperta di spiacevoli realtà che parevano incontrastabili. Da lui Amedeo però aveva imparato a non arrendersi, mai. Anche se ormai era solo ridotto a polvere, il Vecchio parlava attraverso i ricordi.

Per Amedeo era giunto il momento di riportare alla luce e approfondire i loro vecchi discorsi. Insieme avevano ricostruito la purezza del feto. Lo avevano riconosciuto come incarnazione della libertà originale. Da sempre avevano rifiutato il concetto di appartenenza. A volte avevano rischiato di isolarsi a tal punto nelle loro fantasticherie da rendersi più difficili il giorno dopo e quello successivo ancora. Sapevano entrambi quanto potesse essere pericoloso tentare di ribellarsi. Conoscevano bene le conseguenze del caso: solitudine, senso di perdizione, depressione totale. In ogni caso continuavano nel loro gioco quasi fosse diventato indispensabile, necessario tanto quanto era inutile tutto il resto. Amedeo ricordò il totale esaurimento psico-fisico nel quale era precipitato quando s'era lasciato andare a riflessioni selvagge senza conoscerne i mezzi di controllo. Cadde in uno stato di morte vivente. Il suo fisico omeotonico passeggiava senza controllo in una specie di brodame sconosciuto privo di dimensione e tempo. Quando aveva deciso d'uscirne, c'era voluto tutto il suo orgoglio. Poi si era ripromesso che non ci sarebbe mai più cascato. Così aveva cancellato dalla memoria quel tragico passaggio per l'aldilà.

VII

La sera sorprese Amedeo in quel rimescolarsi.

I lampioni disposti lungo il viale alberato si accesero all'improvviso. Le nuvole in cielo correvano a folle velocità.

La temperatura corporea del Certani era salita. Egli non sentì freddo nemmeno quando cominciò a piovere. Piovve dolcemente, a lunghi intervalli tra una goccia e l'altra, poi sempre più insistentemente in un moltiplicarsi continuo di particelle d'acqua che colpivano l'asfalto con la ferocia di un kamikaze. In un lampo il fondo catramato delle arterie cittadine si rivestì di una patina acquatile scivolosa. Il gioco velato dei chiaroscuri e il carosello satinato degli sbuffi delle gronde sovraccariche rilasciavano alla sua vista risvegliata un quadro singolare.

Amedeo si lasciò travolgere dall'acqua.

Decise di rientrare dopo. Aveva gli abiti inzuppati, e il cervello annacquato. Il suo fisico e la sua mente chiedevano una tregua a tutti quei pensieri che lo trafiggevano impietosamente. Era stanco

Mentre stava per giungere al portone, frugò avidamente nelle tasche alla ricerca del mazzo di chiavi. Dopo averlo afferrato, lo strinse saldamente nelle mani gelide. Con la stessa passione avrebbe stretto la sua donna se solo l'avesse avuta.

Immaginò il contatto con la pelle liscia e calda.

Sognò l'abbraccio elettrizzante e lo scambio di elettroni eccitati tra i nuclei corporei. Fantasticava la fusione multipla della loro materia fisica e l'assorbimento energetico esteso conseguente a quella reazione entropica.

Invece Amedeo era veramente solo e al riecheggiare del suono del tamburo della serratura nel vano scale, scivolò tra la porta lungo il corridoio e giunse fino al bagno. Si trascinò a fatica verso il letto caldo che sarebbe stato il suo segreto rifugio per quella nuova notte.

VIII

'L'interesse del popolo, e la comunione del patrimonio costituito da questa nostra terra invidiabile possono essere difesi solo attraverso le linee di gestione delle risorse che, fino a oggi, questo movimento ha saputo finalizzare, rendendole omogenee e fruttifere. L'aggregazione e la lotta continua a tutte quelle interferenze esterne che cercano di ostacolare il nostro arduo cammino verso il più puro concetto di libertà, sarà l'arma vincente contro la biscia velenosa, composta dai fuoriusciti dell'umanità, coltivatori del pensiero serpigno, servi dell'autonomia intellettuale, fuggiaschi predicatori del fatuo senso di legittimazione dell'individuo.'

L'uomo dalle labbra sottili inveiva così, dall'alto della sua pedana, situata in fondo alla sala ricolma di persone cupe. L'enorme stanza ovale ribolliva come una fornace. Il brusio di assenso si diffondeva a ogni piccola pausa dell'abile oratore, capace di surriscaldare quel magma informe votato all'odio e all'insaziabile desiderio di vendetta.

I drappi amaranto, di cui erano ornate le pareti, rafforzavano l'atmosfera ardente. Saturavano di fiamme quell'ambiente infernale.

Intanto, si stava diffondendo, in quel luogo maligno, un inconfondibile odore d'incenso, emanato dai due bracieri in ferro battuto. Questi erano posizionati nei pressi delle due uscite laterali presidiate da una coppia di energumeni tatuati.

Dal soffitto pendeva un gigantesco lampadario in metallo, costituito da tante piccole teste di cane inferocite che fungevano da sostegno ad altrettanti portalampade. Dominava l'intero scenario e con la sua luce, gettava ombre titaniche che dal pavimento aggredivano i battiscopa marmorei in un rincorrersi di riflessi purpurei animati dall'agitazione della folla.

Ogni tanto, da uno dei due ingressi, facevano capolino nuove figure che esibivano ai guardiani "steroidizzati", un tesserino di riconoscimento. Poi si sistemavano in apposite poltrone, riservate per l'occasione e piazzate in prossimità della pedana. Le loro facce pallide non lasciavano trasparire emozione. Erano neutre, quasi assenti, tanto da sembrare tutte uguali. Vestiti completamente di nero, senza il minimo particolare fuori posto, parevano uscire da un'abile gioco di forbici operato da un esperto d'origami.

L'omino borioso intanto prese a sventolare alcuni fogli di carta sotto il naso del suo pubblico devoto. Si sbracciava a più non posso. Si infuriava contro l'autore di quegli scritti che infamavano l'operato del movimento mettendone a nudo 'l'anima sporca.' Citava letteralmente il testo accusatore. Gli riversava addosso tutta la sua collera. Quella ferita che, come un cratere, lo divorava, gli rosicchiava il fegato. Improvvisamente gli occhi infuocati si illuminarono di una luce intensa. Riflettevano la sua enorme soddisfazione mentre, con voce stridula intrisa di acidità perversa, annunciava giunto il momento dell'attesa vendetta. Vi fu un boato della folla, poi cori di tripudio e un successivo straripante silenzio.

Mentre veniva afferrato per la gola il Certani sentiva di essere veramente perduto. Il senso di solitudine aumentò con la stretta di quella mano che gli possedeva il collo facendolo sentire piccolo piccolo. Il pollice premeva con fermezza sulla carotide. Il passagio d'aria nella trachea era ridotto al minimo, quasi nullo. L'atmosfera rarefatta, priva di rumori. Amedeo non sentiva nemmeno lo strascichio delle sue scarpe di gomma sul parquet mentre veniva trascinato verso la pedana. Capì che non avrebbe saputo né potuto cavarsela, cosicché una disperazione silenziosa si impadronì di lui.

In quel momento, forse l'ultimo, sentì il bisogno di essere umile. Non si era mai lamentato in pubblico, perché farlo adesso e rendersi ridicolo? Perché piangersi addosso?

Tentò solo di gridare con tutto il fiato che aveva in corpo, ma la voce uscì. Le corde vocali stritolate si ribellavano a qualsiasi comando. Erano ridotte a uno strumento stonato. Abbaiavano come un cane affamato. Il palato e la gola erano arsi dalla mancanza di salivazione e dall'aria infestata di quel covo di vipere. Bruciavano come carne al fuoco, inducendo Amedeo ad annaspare con tutta la sua immaginazione. Non voleva pensare. Doveva resistere indomito a quella cruda punizione.

Tutto attorno lo spazio cambiava continuamente dimensione; così la profondità, i colori, le forme, concepivano un nuovo mondo fatto di fantasmi e allucinazioni. Come in una bolla di sapone le cose si deformavano. Riportavano immagini infantili di mostri arcaici, gnomi fiabeschi con ghigni immondi e gesti inconsulti.

Anche il viso del Certai ora cominciò a mutare. La sua pelle, come gomma, si allungava e poi si ritraeva. Era sfigurato e abbandonato in una strana perversione. Forse era stato drogato, ma, nonostante lo stato informe in cui si trovava, riusciva comunque a sintetizzare un briciolo di lucidità antica, che gli permetteva di intuire l'evolversi drammatico di quella situazione.

Trascinato sulla pedana, i suoi occhi percepirono il profilo confuso dell'istrione malvagio e, mentre quello gli gridava addosso, sentì il fiato investirlo di insulti e maledizioni. Contemporaneamente un uomo in calzamaglia, con un intimidatorio cappuccio nero sul capo, gli afferrò i capelli. Gli trascinò la testa su un enorme ceppo di legno. Il palco stava per diventare il suo patibolo, l'altare del sacrificio, teatro di giustizia sommaria, scena di un crimine.

Era la fine.

Amedeo respirava a fatica.

L'odore del legno invecchiato lo riportò a tempi migliori quando, in giovane età, aveva costruito con un gruppo di amici una casetta sopraelevata sul più grosso albero del bosco. Da là dominavano i movimenti di tutto il vicinato e nessuna banda rivale era mai riuscita a batterli in una delle tante battaglie che avevano combattuto per il dominio territoriale. Ora l'albero non esisteva più. Il bosco aveva lasciato il posto a numerose ville sorte negli anni successivi, durante il boom economico. Così anche lui, tra poco, avrebbe cessato di esistere. Ancora qualche attimo e l'uomo con le braccia d'acciaio avrebbe scaricato sul suo collo tutto il peso del corpo. Il boia maneggiava con occhi invasati una scure luccicante. La agitava minacciosamente sopra la testa di Amedeo.

Vi fu un colpo secco e il Certani spalancò gli occhi.

Si ritrovò seduto sul letto in uno stato di agitazione senza precedenti. Il sudore gli colava sulla fronte. Scivolava gelido lungo il collo e il petto che erano irrigiditi dal panico. Nella penombra della stanza Amedeo riuscì a distinguere la lucina verde del suo impianto stereofonico. Non era stato uno dei suoi migliori risvegli. In ogni caso ma, almeno, non era stato anonimo. Quella piccola soddisfazione, insieme a tutta la distruzione che si sentiva addosso, gli diede la forza di alzarsi. Si buttò sotto la doccia, nella speranza di cogliere nuova vita dal getto d'acqua ristoratore, figlio dell'uomo, capace di controllare la natura e sottometterla.

IX

Il sogno aveva turbato Amedeo e anche se faceva di tutto per non pensarci.

Temeva per il suo equilibrio. Dentro di lui si andava progressivamente sviluppando una specie di risucchio universale. Una mano lo aveva rivoltato completamente quasi fosse un panno steso. In effetti, il Certani, per come appariva, poteva considerarsi proprio uno straccio.

Quella mattina, in ogni caso, niente scipiti abiti da lavoro, via lo spezzato e via il nodo al collo da impiccato monumentale. Al loro posto indossò un paio di comodi jeans blu di fustagno, un maglione grigio con il collo alto e un giubbotto di pelle nera con l'interno trapuntato. Niente scarpe classiche e spazio invece ai suoi vecchi scarponcini scamosciati con la suola di vibram. Il Certani sembrava un altro. 'Poco chic' avrebbero detto i signori delle vendite. Quando varcò la soglia dell'appartamento si ritrovò sul pianerottolo al primo piano del condominio in cui abitava e constatò come fosse fresca l'aria del mattino.

Buttò un occhio verso l'alto. Il vano scale imponente stupiva per la sua geometrica leggerezza. Ogni rampa se ne stava sospesa, come sorretta dal nulla. Si proponeva sfacciatamente quale soluzione al dilemma gravitazionale.

Mentre richiudeva delicatamente la porta, apparve

la vicina di casa che osservava, con aria indagatrice, ogni suo spostamento. Quella donna rappresentava l'essenza della curiosità, visto che ficcava il suo sproporzionato naso negli affari privati degli abitanti di tutto lo stabile.

Grassa e goffa, sulla cinquantina, portava i lunghi capelli biondi inviluppati in svariati bigodini raggruppati da una retina bianca. Era avvolta in una lunga vestaglia di ciniglia logora. Le ciabattone in finta pelle nera infilate malamente sui piedi ricoperti da calzettoni di lana rosso vermiglio. Amedeo veniva osservato regolarmente. Spiato con occhi indiscreti, attraverso la grigliatura della tapparella. La vicina teneva il fiato sospeso e l'orecchio teso dietro la porta accostata.

Amedeo fece finta di non vederla. Scese le scale e uscì all'esterno. Buttò un occhio all'albero di albicocche nel giardino. Una fuliggine grigia lo vestiva a lutto. Sembrava un albero adatto a certe storie del terrore. Disposto a ospitare un convegno di streghe impegnate a sconvolgere l'equilibrio di qualche malcapitato, colpito da tremenda fattura.

Amedeo si ricordò di quando una volta era stato pericolosamente sottoposto a un rito magico.

Era accaduto qualche anno prima. Allora era solo un ragazzotto che credeva alle favole. Si era perdutamente innamorato di Tatiana Bortolazzi, figlia del Dottor Amilcare Bortolazzi, farmacista di larga fama, omeopata convinto, erborista determinato.

La Bortolazzi aveva i capelli rossi, gli occhietti verdi e le labbra sottili ingiallite come le pagine di un libro assopito. Non si poteva dire che fosse un fior di ragazza, ma aveva qualcosa di così diverso dalle altre da lasciare Amedeo completamente stralunato. Per la verità la differenza la faceva proprio il Certani che viveva un periodo della sua vita particolare, proprio perché era alla ricerca dell' emozione estrema, quasi perversa.

Così, con il solito coinvolgimento che lo distingueva, si era riempito la testa di mille fantasticherie convincendosi del fatto che Tatiana fosse il diavolo in persona.

La Bortolazzi invece era solo una donna maliziosa che si divertiva, con le sue grazie, a rincitrullire Amedeo sconvolto dalla lussuria insoddisfatta, disgustato dalla carne più di un fermo vegetariano. Dopo mesi di divagazioni mentali, stati di paralisi fisica e inutili cure farmacologiche era stato suo padre a prendere saldamente in mano la situazione.

Gian Battista Certani era un uomo semplice, di origini contadine, trapiantato in città dopo la crisi della campagna negli anni del benessere economico. Aveva sempre lavorato duro, tirando avanti la carretta con la testa bassa, pensando solo a procurarsi il pane per sfamare la moglie e il figlio. Amedeo gliene era sempre stato grato e non lo aveva mai dimenticato, anche dopo anni che se ne era andato stroncato da un colpo secco all'improvviso.

Lo diceva sempre la mamma di Amedeo: 'Tuo padre se ne andrà in punta di piedi senza nemmeno disturbare.'

Così era stato, ma Amedeo non aveva immaginato

che nel giro di pochi mesi avrebbe perso anche la genitrice, incapace di resistere a quel dolore. Per la verità la madre, la generosa Cristina Artughi, volontaria nel movimento di zona delle giovani crocerossine, era sempre stata cagionevole di salute e fu un caso che la sua malattia la esaurisse proprio a così poco tempo di distanza dal coniuge.

Beh! Amedeo non li avrebbe mai scordati.

Quando Gian Battista Certani si presentò dai frati assuntini, con in braccio lo spiritato Amedeo, furono in quattro a correr loro in contro con unguenti, crocifissi ed immagini sacre. Fu una cerimonia breve. I due vennero introdotti in una stanzetta di legno e, con gli occhi rigorosamente chiusi, vennero sottoposti ad un rito esorcista che avrebbe dovuto scacciare dal corpo di Amedeo il demonio. A dire il vero egli non seppe mai se a guarirlo furono i monaci o se invece fu il normale superamento di quella fase.

Ora però non apparteneva più a quel tipo di profondità.

Finalmente si lasciò il condominio alle spalle e camminò senza fretta verso il centro della città.

X

Quando fu in biblioteca si trovò di fronte la riproduzione vivente della donna moderna, manager di successo. In lei si concentrava l'intero variopinto universo femminile. La sintesi di tutti i dolorosi trapassi generazionali compiuti in nome del femminismo. L'emblema della lotta. La battaglia l'aveva resa bellissima. I capelli lunghi, neri, con dei riccioli interminabili, accarezzavano un viso perfetto. Il trucco leggero, gli occhi azzurri ammiccanti, il nasino abilmente disegnato, da far invidia al più venduto fumetto rosa dell'anno e una boccuccia degna del miglior chirurgo plastico. Un vestitino rosso vivo le fasciava completamente il corpo e metteva in risalto le forme. I seni erano armoniosi, i fianchi ben torniti e le due gambe sinuose terminavano in un paio di decolleté che contribuivano a lanciare tutto quel ben di Dio poco al di sopra del metro e ottanta.

La donna dei suoi sogni. Almeno fino a che non proferì parola. Ribadiva che tutti i documenti lasciati dal Vecchio si trovavano lì, davanti ai loro occhi, compresi gli scritti e uno stralcio dell'autobiografia. L'unica eccezione si riferiva ad alcuni effetti personali custoditi dal direttore della biblioteca.

Amedeo Certani invece si domandava come un corpo del genere potesse possedere una voce così stridula, capace di annullare, immediatamente, l'effetto trasognante in cui chiunque sarebbe precipitato osservandone la sola carne. Così doveva dire addio alle riaccese speranze d'aver finalmente incontrato la sua " Beatrice". Gli era capitato spesso, tanto da esserci ormai abituato.

La splendida arpia era proprio acida. Amedeo la lasciò sfogare. Annuì pazientemente alle sue ragioni e la aiutò a spurgare tutta la rabbia. Finalmente, dopo mezz'ora, la segretaria cedette, stremata dalla battaglia. Abbassò le barriere, anche quelle fisiche, e avvisò il direttore che, di lì a poco, avrebbe raggiunto il Certani nel salottino riservato ai visitatori.

XI

Amedeo lesse tutti gli scritti del Vecchio, ma non trovò nulla. La stanza in cui si trovava riportava sulla porta d'ingresso la classica scritta 'sala d'aspetto' e per lo stato in cui versava, di attese doveva averne vissute tante. I muri, completamente ingialliti, erano ornati con alcuni quadri anneriti che ritraevano personaggi famosi.

Due vecchie poltrone di velluto sdrucito e un mobile antico in noce completavano l'arredamento. Pareva il laboratorio di un restauratore di provincia.

Il Certani si rendeva conto che lì dentro si correva il rischio di impolverarsi lo spirito. Ne approfittò per sfogliare il libro che stava accuratamente posato al centro del mobile. Era l'unica cosa che conservava un po' di fascino. Rilegatura in pelle antica, pagine di fine pergamena. Sulla copertina c'erano incisioni di vecchi amanuensi e una scritta, in stile moderno, anacronistica considerando le caratteristiche di quel tomo invitante: 'Visitatori'. All'interno le firme di persone sconosciute; quelle che erano transitate per quella sala d'aspetto.

'Peccato' pensò Amedeo. Un libro così avrebbe dovuto accogliere la storia più bella del mondo. Invece era destinato a un uso comune, ridotto a un contenitore di codici.

Finalmente il direttore della biblioteca si fece vivo.

51

Aveva circa sessant'anni. I capelli brizzolati, gli occhi scuri e un paio di baffi ben curati dello stesso colore dei capelli. Il mento leggermente pronunciato, gli zigomi segnati, la carnagione olivastra. Portava un doppio petto grigio, una camicia azzurra e una cravatta bordeaux.

Strinse la mano di Amedeo con energia .

'Dottor Arturo Debellini' disse.

'Nome altisonante' pensò Amedeo.

Parlava con voce squillante. Aggrottava la fronte e con disinvoltura si passava le dita affusolate tra i baffi, accarezzandoli pensosamente.

Amedeo dal canto suo snocciolò tutta una serie di ragionamenti a velocità incontrollata. Quando ci si metteva, il Certani, era capace di pronunciare più parole di un intero vocabolario, nel breve spazio di una sola emissione ariosa. Al termine di quell'ultimo il suo viso era paonazzo, gli occhi sprizzanti follia pura.

Il dottor Arturo Debellini smise di accarezzarsi i baffi e tacque. Inarcò il sopracciglio sinistro, poi mosse anche l'altro e si morse il labbro superiore. L'intervallo sembrò interminabile. Era incuriosito. Fece un colpo di tosse e si lasciò andare.

Insieme attraversarono gli stanzoni colmi di libri addossati alle pareti. Amedeo osservò attraverso i finestroni nudi, come la città fosse in continuo fermento. Le macchine sfrecciavano e le persone brulicavano come formiche. Gli autobus pubblici rombavano a decine. Sbattevano i tacchetti delle ruote gommate sul porfido. Mostravano le fiancate aggressive, disegnate per pubblicizzare i prodotti di consumo. Fortunatamente loro due si trovavano troppo in alto per sentire l'eco del costante ribollire cittadino. Così le immagini giungevano ovattate.

La biblioteca aveva un suo avanzare ben preciso. L'atmosfera patinata che vi si respirava invitava alla riflessione.

Finalmente, dopo l'ultimo stanzone, un corridoio lungo e stretto, illuminato da due lanterne poste all'inizio e alla fine del passaggio, li introdusse in una sala circolare. Rischiarata da un'intensa luce naturale, che penetrava da una serie di aperture arcuate distribuite regolarmente sulla circonferenza dell'unica parete che costituiva il tronco cilindrico principale, induceva a socchiudere gli occhi disorientati dall'improvviso bagliore. I fasci di particelle luminose polverulente creavano una sorta di incrocio lucente al centro della sala. Alimentavano un mulinello di minuzzoli pagani che profanavano la precisione rigorosa di quella proiezione aeriforme. Sopra ciascun finestrone un piccolo rosone miniaturizzava lo stesso gioco di intersezioni sfavillanti. Velavano gli affreschi riprodotti sulla cupola soprastante. Vi erano ritratte figure celesti. Roteavano tra le nuvole e si dilettavano alla lettura di enormi libri, sospesi o trattenuti a stento da mani avide.

Una scrivania ciclopica di noce antico, sommersa di carte all'inverosimile, la riempiva quasi completamente. Da uno dei cassetti, rigorosamente chiuso a chiave, il direttore della biblioteca estrasse un cofanetto in legno, protetto da un piccolo lucchetto

53

d'argento corazzato. Non aveva caratteristiche particolari e nemmeno un gran valore, se non quello affettivo. Lo teneva nelle mani e lo fissava con espressione interrogativa.

Amedeo era apparentemente calmo, ma nel suo intimo non poteva nascondere l'eccitazione che provava in quell'istante. Si sentiva più o meno come la macchinetta del caffè, sbuffante.

Tentando di riacquistare una dimensione che si avvicinava vagamente all'autocontrollo egli si ricordò del passepartout che aveva nel portachiavi.

La lametta si infilò nella piccola serratura come nel burro. Una piccola rotazione del polso, il rumore del bulbo sfregato sapientemente dal metallo e il cofanetto si aprì sotto i loro occhi increduli.

Era vuoto. La delusione aveva assunto un volto: quello del direttore dottor Arturo Debellini.

Amedeo invece si muoveva verso un controllo invidiabile. Stringeva il legno al petto, senza parole.

XII

La massa di tubazioni correva massiccia lungo i corridoi sotterranei. Era sostenuta da una struttura portante a traliccio arrugginita.

Gli sfiati di vapore, tramite alcune valvole di sicurezza, investivano l'ambiente e provocavano fenomeni di condensazione che favorivano l'aggressione al metallo. In origine ogni tubo era contraddistinto dal colore della vernice in funzione del tipo di prodotto da trasportare, cui era destinato. Ora, solo un occhio molto esperto poteva riconoscerne l'impiego.

Ogni tanto, lungo i muri del corridoio, faceva capolino una nicchia, spesso in prossimità degli incroci con altri cunicoli. Vi erano state ricavate delle vere e proprie centrali di controllo: pompe, turbine, strumenti di rilevazione delle pressioni, indicatori digitali delle temperature. Il teschio nero che faceva presente il pericolo di morte, avrebbe fatto impallidire chiunque, riducendo all'immobilità anche il più esperto degli operai manutentori.

Il passaggio centrale, per niente comodo, era costituito da un marciapiede convesso che convogliava l'acqua, insieme agli scarichi di ogni natura, nei due canali laterali dove scorreva un rigagnolo rumoreggiante.

Amedeo, tenendo in una mano il cofanetto di legno muto. Posizionava un piede davanti all'altro in

un procedere quasi calcolato. Stava attento a non sbi-
lanciarsi troppo, per evitare di finire a bagno in
quell'acquitrino virulento. Si guardava attorno appena il necessario per non perdersi.

A osservare bene quella complesso cavernosa si
poteva pensare che fosse una creazione diabolica.
Tutta la città, anzi tutta la terra, era erosa da un mondo sotterraneo. Milioni di gallerie trasportavano i più
disparati gas, liquidi e prodotti derivanti da lavora-
zioni chimiche, necessari a fornire l'energia che
muoveva tutto ciò che viveva fuori. Un pazzesco re-
ticolato invisibile, capace di mantenere in vita una
tecnologia di cui non ci si rendeva conto.

Il Certani non era un esperto, ma era sufficiente-
mente acuto per capire che viveva, con altri quattro
miliardi di persone, sopra una vera e propria bomba
per la quale sperava fossero state predisposte tutte le
sicurezze del caso.

Il corridoio sotterraneo che stava percorrendo si
distingueva da tutti gli altri perché era l'unico nel
quale, da ogni punto in cui ci si trovava, era possibile
vedere il bagliore delle porte d'ingresso e d'uscita.
Queste davano sui padiglioni più estremi che delimi-
tavano la larghezza totale dell'ospedale. Erano posizionati rispettivamente a nord ed a sud dello stabile,
più largo che lungo e godevano della possibilità
d'essere dei porti franchi.

Così, dopo aver eluso il vecchio guardiano della
porta sud, Amedeo si ritrovò a percorrere quella grot-
ta.

Si stava dirigendo verso nord. Conosceva quel

percorso a memoria: seconda centrale elettrica, prima derivazione a destra, in fondo, in cima alle scale, a sinistra.

Amedeo si era stampato la mappa in testa. Quando fu davanti alla porta si fermò di colpo. Aveva le mani sudate. Prima di afferrare la maniglia passò più volte i palmi delle mani sopra i jeans all'altezza della coscia, poi spinse delicatamente.

In un attimo si trovò all'interno di uno sgabuzzino stipato di scope, stracci e sacchetti bianchi destinati al contenimento dei rifiuti ospedalieri. Una seconda porta dava nel magazzino del laboratorio. Vi erano contenute decine di fiale e contenitori di ogni genere. Alcune apparecchiature occupavano, quasi completamente, il salone asettico piastrellato di bianco adibito a laboratorio principale. Un continuo pulsare di lucine colorate segnalava il funzionamento dei macchinari. Una stampante elettronica ronzava in lontananza.

Improvvisamente una vampata di calore investì il Certani in una nuvola di vapore.

L'ingegnere apparve improvvisamente come sbucato da una nuvola. Due enormi occhiali neri da aviatore, una barba di tre giorni e un sorriso liberatorio. Indossava un camice bianco svolazzante e dei guantoni neri di gomma vulcanizzata. I riccioli scuri davano alla capigliatura un leggero senso di trascuratezza. Le migliaia di goccioline d'acqua che si erano infilate tra i capelli, lo assimilavano a un pilota d'aereo scoperto, passato indenne attraverso un improvviso addensamento.

L'ingegner Ernesto Mastalli aveva più o meno la stessa età di Amedeo. Proveniva da una famiglia ricca.

Il Marchese Ernesto Mastalli avrebbe anche potuto vivere sguazzando nell'oro e invece si era laureato a pieni voti alla facoltà di Chimica, inseguendo quella che definiva 'predisposizione genetica alla materia.'

Amedeo lo considerava uno scienziato pazzo, almeno quanto lo era lui stesso con le sue sofferenze paranoiche. Si erano conosciuti in età prescolare e la loro amicizia si era sviluppata grazie a quella sottile follia che li rendeva simili. Ernesto si preoccupava di scoprire la composizione chimica della pelle delle lucertole che catturavano al parco, mentre Amedeo le fissava negli occhi per capire le ragioni che le spingevano a comportarsi in un modo così insolito. Erano entrambi due alienati alla ricerca di un'esattezza che non trovavano mai. La cosa sicura era che Ernesto e Amedeo si volevano bene da sempre e avrebbero continuato a volersene qualsiasi cosa fosse mai accaduta.

Il microscopio computerizzato, in dotazione all'ospedale, ingrandiva fino a rendere microscopico il mondo circostante. Elaborava, nella frazione di un secondo, decine di informazioni relative a composizioni chimiche, calcoli strutturali, dimensionali, materie prime originarie e possibili campi d'applicazione.

Il Mastalli e il Certani erano lì davanti all'arsenale scientifico con i volti luminosi di due bambini eccitati dalla possibile marachella. Quello che vedevano in quel momento solo solchi enormi. Legno. Nervature che nella realtà risultavano essere pianeggianti, levigate fino a costituire un tutt'uno liscio e rassicurante, si trasformavano, sotto l'occhio indagatore, in una montuosità accentuata.

Finalmente, dopo una ricerca affannosa, la lente si era posata sulla zona interessata. Le incisioni sconosciute assunsero, immediatamente, un'identità di una precisione disarmante. Una dietro l'altra apparvero a caratteri cubitali poche lettere esuberanti.

XIII

FABBRICAZIONE ARTIGIANALE - PRODOT-
TO CONFORME ALLA NORMATIVA VIGENTE
- TRATTAMENTO SUPERFICIALE - MORDEN-
TE TIPO MOGANO - VERNICIATURA DI FINI-
TURA - ESSICAZIONE NATURALE - INVEC-
CHIAMENTO DUE ANNI -

Amedeo scoppiò in una risata sotto gli occhi arros-
sati dell'ingegner Ernesto Mastalli.

Il Vecchio aveva proprio lasciato il vuoto.

In quel momento il Certani respirò nuovamente il
distacco, la solitudine. Si allontanò dal laboratorio.
Ripercorse i sottopassaggi in senso contrario, fer-
mandosi qua e là come se fosse senza energia.

Quando fu in prossimità dell'ultima nicchia colma
delle apparecchiature di veicolazione, appoggiò la
schiena al cancelletto metallico per poi scivolare fino
a che non fu seduto per terra.

Rimase inerte per qualche secondo. Gli occhi chiusi e il collegamento con il mondo esterno disattivato.
Improvvisamente si palpò sul petto nei pressi della
tasca anteriore del giubbotto. Sganciò il bottone automatico, infilò le estremità delle dita nell'apertura.

Cercava l'uomo che aveva in tasca.

Lo afferrò per la copertina leggermente spiegazza-
ta e la penna a sfera riprese il suo preciso lavoro: 'La

verità è che non c'è nessuna verità e anche questa non esiste.'

Tutta la rabbia di Amedeo nei confronti di un sistema artefatto si squagliò come neve al sole. Quel mondo non esisteva affatto, ed era solo il frutto di profonde modificazioni di un pensiero incerto, che si traducevano in incomprensioni, schiavitù mentali. Solo il riflesso di anime perse che non si riconoscevano più. La proiezione di un film che si illudeva di essere la realtà.

Anche il Certani era stato una controfigura.

Amedeo sentì crescere l'insidia della depressione. Dentro gli si scuotevano gli organi che si tormentavano, procurandogli le convulsioni. Il calore di tutta la terra lo avvolse, straziandogli il corpo prigioniero di una sorta di fuoco impazzito. Le fiamme lo frustavano punendolo fino nell'intimo. La sua tenera carne si attorcigliava come un pitone attorno alla preda e le sue cellule strizzate guaivano lamentandosi insistentemente. Aveva perso il controllo, se mai lo aveva avuto. Tuoni e fulmini gli percuotevano i timpani. Rombavano pesantemente. Gli attraversavano la scatola cranica ridotta a una cassa di risonanza. Gli occhi fuori dalle orbite in fiamme percepivano il colore della morte, mentre un mare di disperazione s'impadroniva del suo spirito ansimante, relegandolo a una nullità fatta di vuoto assoluto.

Dopo qualche attimo, improvvisamente visse, per la prima volta il nulla eterno. Una specie di fluido pastoso in cui ci si trovava immersi, attraverso il quale non passavano suoni.

Si osservava l'esterno come un film muto.

Vedeva gli uomini correre, dibattersi, chiedere aiuto e cadere perduti. Il corpo fluitava, sopravviveva senza neppure respirare, cullato dalla materia rigenerante. Un nuovo Limbo estraneo a qualsiasi influenza, fatto di una quiete primordiale che lo riportava al tempo lontanissimo della gestazione.

In quel momento Amedeo desiderò ancora una donna. Non una a caso. La sua donna. Comunque non ne sarebbe esistita nessuna in grado di renderlo felice se la sua predisposizione a volerlo diventare non fosse stata più forte.

Come sempre il destino e la serenità del Certani passavano lungo un percorso costellato di "se" e di "ma", congiunzioni dubitative che costringevano spesso all'immobilità, causa l'incertezza.

XIV

Amedeo si lasciò l'ospedale alle spalle.

Camminava lentamente lungo il marciapiede che costeggiava la statale guardando avanti a sé. Dello stesso male del Certani erano malati tutti gli uomini che non riuscivano a liberarsi da quella realtà di celluloide, incapaci di prendersi il rischio di assumere la loro posizione. Il consolidarsi di grette tradizioni dipendeva proprio dall'insieme dei singoli che si facevano trascinare dalle consuetudini. Quindi così era il mondo perché così era l'uomo, meschino e cieco.

Passo dopo passo Amedeo sentiva il suo corpo muoversi in ogni singolo elemento indipendente. Orchestrato dal ventre e dal bacino, ogni piede si muoveva per aiutare la gamba a compiere il passo successivo. La gamba a sua volta stimolava i glutei e i muscoli lombari affinché tutta la colonna vertebrale potesse sentire l'inizio di un movimento teso al raggiungimento di un obiettivo: camminare. Anche le braccia partecipavano a questo gioco meraviglioso. Si alternavano, nel loro peregrinare avanti e indietro, con umiltà. Le mani respiravano tutta l'aria dalle loro estremità e la testa slanciata verso l'alto si nutriva di un ritmo musicale.

Amedeo percepiva una nuova padronanza del corpo. Una libertà di movimento che faceva, anche del più piccolo spostamento, un gesto assoluto. In quell'equilibrio trovavano la loro migliore collaborazione anche gli svariati ingranaggi che mettevano in moto i meccanismi cerebrali. Si sentiva proprio congegno d'alta tecnologia.

Mentre sostava di fronte al palazzo delle telecomunicazioni, intuì che non esisteva nessun condizionamento se non quello a cui ci si voleva assoggettare.

Le antenne del palazzo si stagliavano in cielo a ferirne l'azzurro.

Amedeo aveva ancora la testa tra le nuvole. Immaginava colori nuovi, diversi da quelli che già conosceva. Vedeva uomini sorridere che catturavano le stelle. Terre sconfinate, pianure incontenibili, distese di grano rosso, caldo come il fuoco, cieli gialli, nubi nere e vento lieve soffiare silenzioso. Dalle montagne appese scorrevano libere acque verdi, generose. Nel bel mezzo di questo quadro variopinto una duna di sabbia fine, rosa, si ergeva dominante e lungo i fianchi della stessa scendevano lentamente colonne interminate di sagome evanescenti.

Amedeo era lì in mezzo a loro. Si abbandonava nell'aria tersa e svolazzava e deliziandosi voluttuoso.

Amedeo Certani, cullato dalla sua solitudine, aggrappato al filo conduttore, si proiettava alla ricerca di una sincera unione con la realtà.

XV

L'acqua le scivolava furba sulla pelle e compiva acrobatiche evoluzioni. Le goccioline si rincorrevano audaci e il sole si divertiva a creare riflessi dorati, oasi invitanti accarezzate da una brezza dolce che portava con sé tutta la freschezza del mare.

Luglio volgeva al termine e volava via, come erano volati gli anni. I mesi estivi erano lanciati a velocità sconosciute, per questo più magici.

L'immagine della sua donna riflessa nell'acqua era irripetibile. Infatti essa cambiava continuamente modellata dalle onde che, come mani di scultori instancabili, erano sempre pronte a dar vita a forme nuove.

Amedeo sentiva dentro sé la gratitudine che lo liberava dalla presunzione rendendolo più disponibile ad accettare gli eventi.

Il quieto procedere dell'imbarcazione su cui si trovava era l'origine di una trasformazione così profonda, d'altra parte tutto poteva essere nell'incedere preciso del tempo. Battito dopo battito, emozione dopo emozione, paziente come un buon padre di famiglia, il tempo seguiva il suo corso, mai stanco. Puntuale e solenne, costruiva i secoli e cancellava gli anni, impietoso.

Con il sopraggiungere del vespro la barca entrò in porto accompagnata dal brontolio del motore, acceso dopo che erano state ammainate le vele e dalla voce sicura del commodoro che impartiva ordini con la sicurezza di chi è marinaio.

L'inchiostro scorreva fluido sul suo taccuino di Amedeo : '... ci sono delle cose che ci appartengono e anche se non possediamo niente di ciò che ci circonda , sono dentro di noi perché le abbiamo coltivate negli anni; sono nostre perché le abbiamo nutrite e crescendo con noi ci completano. Così siamo ciò che ci appartiene e la coscienza di ciò che non ci apparterrà mai.'

L'uomo di mare conosceva i venti, le correnti perché la sua passione aveva radici profonde.

Rimesso piede a terra Amedeo portava con sé il sapore dell'acqua di mare e l'arsura profonda dovuta all'esposizione all'aria. Il sole, ormai al tramonto, consegnava ai suoi occhi un paesaggio sazio e solo il cigolio delle barche nel porto, insieme al rumore dell'acqua che si infrangeva sulle chiglie, accompagnava i loro passi al rientro.

XVI

Le luci della costa brillavano già da qualche ora, mentre Amedeo Certani, seduto sul muricciolo del molo, osservava il profilo della sua donna nella penombra. I capelli dorati le scendevano fin sulle spalle e il vento leggero ne scompigliava le punte. Dietro la sua morbida figura l'acqua scura esaltava il colore della pelle profumata come i petali di rosa.

Suonava la mezzanotte. Luglio disperso nel vento.

Il cuore batteva più forte, al doppio del tempo. Udiva il canto delle sirene. Voci flebili, dolci come i suoi baci: '... siamo solo ciò che ci appartiene e la coscienza di ciò che non ci apparterrà mai...'

Indice

Biobibliografia

Giacomo Gamba, creativo, alterna le attività di attore, drammaturgo, scrittore, regista teatrale.

Ha scritto e pubblicato una raccolta di racconti (*Red Flyer*, edito da Libroitaliano) e opere di narrativa (*Spirito di nuvola, L'uomo in tasca,* editi da Firenze Libri e poi *La donna del bar, Cortles*) e le fiabe moderne *La linfa di Evelyn, Momo e il Cactus, Jacques l'equilibrista, A pancia in su,* nella raccolta *Incontrare una creatura amica,* a cura di Starrylink Editrice con cui ha inoltre pubblicato la sua prima Opera Omnia *Teatro.*

Dal 2010 dirige il suo *Centro di Creazione Teatrale Permanente.* E' stato creatore e direttore artistico di *Fabbrica del Vento,* officina laboratorio per produzioni teatrali, co-direttore artistico di *Esplora, Festival Internazionale di Teatro Contemporaneo* giunto alla quarta edizione, co-direttore artistico della *Cooperativa Teatro Laboratorio* fino al 2007. Co-fondatore della casa Editrice Starrylink per cui si è impegnato attivamente dal 2000 fino a inizio 2011. I suoi spettacoli sono stati rappresentati in numerosi Festival Internazionali (Argentina, Ecuador, Egitto, Armenia, Canada, Austria, Germania, Paesi Baschi, Bosnia Erzegovina, Stai Uniti, ecc.), durante i quali ha svolto workshop teatrali sul suo metodo di lavoro.

Si è formato alla "Scuola di Teatro e Arte del movimento" di Brigitte Morel (Professeur agrégé de la Fédération Française de Dance) e Fabio Maccarinelli. Dal 1993 al 1996 è stato attore nella compagnia italo-francese "*Scarabeblù*", che ha portato in scena tra gli altri spettacoli Buzzati Bleus. È stato tra i fondatori di "*Masnada Gruppo Teatro*" con cui ha vinto nel 1998 il "Premio Scena Prima" per lo spettacolo *¿Que culpa Tiene el Tomate?* In esso ha interpretato la parte dell'ambiguo *Rils*, personaggio uscito dalla sua penna creativa, in *Pampas* ha invece dato corpo e voce al sadico personaggio di *George.* Ha scritto *La Signora dei datteri*, diretto lo spettacolo *Passione*, creato i dialoghi dello spettacolo *Scians* e ideato la riduzione della tragedia Manzoniana *Il Conte di Carmagnola*, rappresentata in occasione delle rievocazioni della battaglia di Maclodio. Per

"*Fabbrica del Vento*" ha scritto e diretto gli spettacoli *Sgòrby-park* (Primo Premio al concorso teatrale "Le Voci dell'Anima", Rimini 2004; Primo Premio al "Concorso teatrale internazionale X TeatarFest", Sarajevo 2007), *Venteux* (Primo Premio al Concorso teatrale "Il Teatro che verrà", Spigno Saturnia 2006), *Mono Loco* (co-produzione "Masnada Teatro"), *Oxus Gennan*. Nel 2003 è stato attore nello spettacolo *Polyester* a Vienna per il "*Birte Brudermann Theatre*". Nel 2005 ha scritto e diretto lo spettacolo *Loving M* per la compagnia di danza "*Areazione*". Per lo Stabile di Brescia, "*CTB Centro Teatrale Bresciano*", ha scritto e diretto lo spettacolo *Extracom*. Per Cooperativa Teatro Laboratorio ha diretto lo spettacolo *Momo e il Cactus* tratto dall'omonimo racconto. Per la Compagnia *Teatro di sconfine* ha diretto i suoi spettacoli *Gigaflop e Ohminidi*. Attualmente è attore nello spettacolo *Sgòrbypark* rappresentato anche in lingua inglese. Nel 2012 *Petrol,* la sua ultima creazione vince il Primo Premio al 16° Festival Internazionale di Valleyfield, Montreal - Québec - Canada. Nel 2013 i suoi spettacoli *Oxus Gennan* e *Sgòrbypark* sono stati rappresentati al Little Theatre of Norfolk al Guest Artist Series 2013, Virginia Usa.

Da anni conduce laboratori teatrali nelle scuole di teatro e di danza, approfondendo l'arte del movimento applicata alle diverse forme di spettacolo. È stato insegnante presso la Scuola di danza Olimpia di San Zeno, Brescia, presso la scuola di Danza Art Dance Fusion di Brescia e presso la scuola di Teatro e Danza Ritmosfera di Porto Potenza Picena, Marche. È docente, per l'opzione teatro, dal 2002 presso l'Istituto Superiore Cossali di Orzinuovi - Brescia e dal 2008 presso H.Vox Accademia della Voce di Brescia. Dal 2008 svolge attività di Laboratorio teatrale con i ragazzi della Comunità Mondo X di Rodengo Saiano.

Centro Creazione Teatrale
www.giacomogamba.it
Finito di stampare nel mese di settembre 2015
Printed By CreateSpace

20091265R00045

Printed in Great Britain
by Amazon